KB057393

은행꽃

은행꽃

나무는 클수록 꽃이 작다
말은 짧을수록 뜻이 깊다

이오장 명상시집

스타북스

나무는 클수록

꽃이 작다

말은 짧을수록

뜻이 깊다

작은 은행꽃이

천 년 나무를 만든다

짧은 시 한 편이

삶의 경전이다

2024년 3월

이오장

목
차

1

2

3

4

5

1

파도

뒤를 잊어버리고
앞만 보고 달려가면서도
바위를 보지 못하지

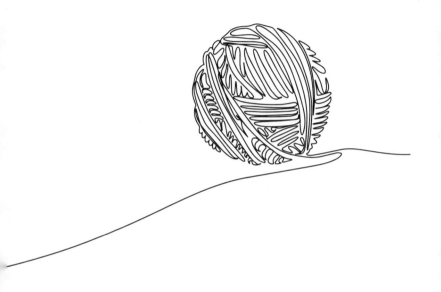

삶

엉킨 실타래 잘못 풀면
전부 풀어도 처음을 잊어버리는 것
지금 가진 만큼 뒤돌아봐라

사랑은

네모로 달리는 수레바퀴
닳고 닳아 원이 만들어지면
축을 벗어나 각자 굴러간다

무게

큰 것 자랑 마라
산은 무거워 제자리에 멈추고
무거운 구름은 산을 넘지 못한다

아래

올라갈수록 아래가 적게 보인다
오르고 올라도 끝에 못 닿는데
조금 올랐다고 아래를 잊었는가

이름

스스로 지은 이름은 없다
들판 풀잎도 불러주면 대답하는데
유명하지 않다고 안달하는가

느티나무

우람한 그는 바람에도 조용했다
아주 멀리서 봐도 금방 눈에 띄는 나무
그늘에 많은 사람이 모여들었다

분식회계

작디작은 꽃 옆에 꽃 닮은 큰 잎 달고
벌 나비 눈길 속여 바람 셈하는 꽃
산딸나무는 지금 분식회계 중

장미

꽃이야 바람에 돌아서면 그만이지만
하나뿐인 눈은 어찌할 수 없어
감을 수밖에

염전

네 가슴은 사금파리 소금밭

장미 씨를 뿌려도

소금꽃으로 피워내지

가난

가지려는 욕심이 가난을 만들지
가장 소중한 걸 남에게 줘라
그 순간 부자가 된다

부처

우물 찾아 가시밭길 가르쳐 주고
밥상머리에 앉아 꾸짖어주는 사람이
나의 부처다

귀

말 많은 자 귓구멍 없고
말 없는 자 귓구멍은 닫혔지
죽은 자의 귀만 뚫려 있다

양심

올곧은 나무가 기둥이 되고
구부러진 나무가 집 지키는 것
쓰임 다르다고 양심 품지 마라

내시경

샅샅이 들여다봐도 내 마음은 그대로
더 있나 더듬지 말고
더 줄 게 없는지 네 속을 찾아봐

물레방아

제힘으로 돌아가는 줄 알지
돌다 돌다가 지쳐 쓰러지는 자리가
제자리인 줄도 모르고

말. 말. 말

건너간 말 잡을 수 없고
건너오는 말 막지 못하는 것
말 앞에 거울을 걸어라

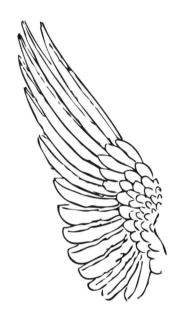

날개

힘차게 젖는다고 높이 오를까
바람 탈 줄 알아야지
기회 잡는 자가 용기 부리는 거다

순리

억지로 붙잡지 마라
담긴 물은 그대로 두면 맑아지고
거센 물은 길 터주면 순해진다

개나리

씨 맺지 못해 허공을 보는가
발자국 몇 개 남겼으면 족하지
개나리는 마디마디가 씨앗이라네

정의

그물코 지키는 어부는 파도를 타고
지조를 지키겠다는 정치가는 꽃가마 탄다
이게 정의다

해코지

말 속에 가시 넣지 마라
한 발 두 발 옮겨가며 고슴도치가 되어도
뿌리는 네 살 속에 박혀 있다

모순

다이아몬드는 비단으로 감싸고
계란은 상자로 감싼다
산다는 건 안팎의 가운데 찾기다

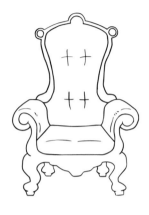

왕

아랫사람은 없다
자신을 다스릴 수 있다면 누구나 왕
너 자신과 함께 가라

2

대화

귀 세워 입술 바라보지 말고
눈동자를 바라보라
대화는 믿음이다

보물

세상에 하나뿐이면 보물이지
포기하지 마라
너도 이 세상에 한 사람뿐이니까

팽이

채찍 든 어깨는 땀으로 젖고
삶을 위한 허리는 꿋꿋하다
잊지 마라 멈추면 끝이라는 것을

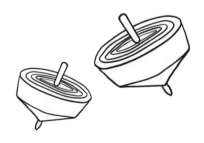

장승

소원은 자기 걸음으로 이뤄진다
눈 크고 입 넓다고 들어주랴
두 손 모아 고개 숙이지 마라

허수아비

넓은 땅 맑은 물 가졌다고 떠벌린 자랑
누가 듣고 손뼉 치던가
두 손 펼쳐 가리킨 땅끝엔 네 그림자 없다

우물

한눈에 하늘 깊이 읽을 수 있어도
손잡고 바라보는 그 마음 알 수 없어
목말라 입술 터지게 하는 블랙홀

꿈

꿈을 펼치려거든 꽃 꺾지 마라
열매는 그대의 꿈
맺기 위하여 꽃은 피어나지

삼치

즐거움은 삼치가 아닌 사치다
멈추는 순간 반납해야 할 삶
부레 없이 경쟁에 뛰어든 샐러리맨

콩나물

음지의 무거움에서 자랐다고
햇빛까지 피하랴
하늘은 콩깍지 열면서 이미 봤다

하늘

발돋움하고 고개 들 필요 없지
머리 위가 바로 하늘
손 뻗지 않아도 이미 가졌다

병아리

무엇이든 알았다고 끄덕끄덕
첫걸음이 짧다 하면 날개 탓하고
제 발등에 걸려 하늘을 본다

시와 인생

정답 없는 해답 찾기
명답이라고 큰소리쳐도
듣는 귀마다 여닫이가 틀린다

법전

혼자 만들면 독재의 교본
둘이 만들면 샅바 없는 싸움판
셋이 만들면 지워진 경전이다

새끼 꼬기

왼쪽은 옳고 오른쪽은 그를까
삶은 새끼 꼬기
두 손바닥으로 하나 만들기다

맷돌

부딪히지 않고 무엇을 얻을까

맷돌은

제 살가루 맛을 먼저 본다

사이

사람 사이에 그물 치지 마라
걸리는 건 모두 몸서리치지
그것이 바람 일지라도

보석상자

빛을 가두는 멍텅구리
몇 만 년을 물 들어도
보석이 떠나면 나뒹굴고 말지

호수

산 담아 산을
하늘 받아 하늘이 되는 호수
서로 담아 하나가 된 너와 나

쌍심지

보이는 그대로만 보면 돼
생각이 다르다고 불 켜지 마라
내가 있어야 네가 있는 거지

마이산

두 귀 세워 다 들으려 하지 말고
한 쪽 귀 고이 접어
네 가슴 속 꽃 피는 소리 들어라

단풍

그대만 바라보다 멍 들었다고
눈물 닦으려 하지 마라
스스로 문 잠가 내 길을 간다

도자기

산 넘어온 종아리가 굵고
지게질한 어깨가 넓듯
뜨거운 불길을 견딘 그릇이 단단하다

고행

바람에 파도 일고
골짜기 없으면 물은 평온한 것
인생은 죽는 날까지 멈추지 않는 수행

3

두물머리

하나가 된다는 것은
한쪽이 사라지는 일
네가 먼저 뛰어들어라

호미

날 세워 허세 부리는 창보다
허리 굽힌 호미가
한 평 내 땅을 일군다

어제

인생은 오늘부터라고 하지 마라
어제를 잊은 자에겐
미래가 없다

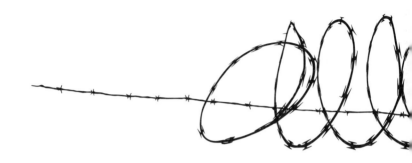

철조망

햇살 아래 팽팽한 철가시줄
정의는 꼼짝 못 하게 가두고
폭력에는 등 내민다

돌담

세월의 고집이 쌓인 담
바람은 비명 지르며 넘어가고
담쟁이는 피멍 든 손가락으로 붙든다

바위

삶을 고민하지 마라
억만년 제자리에서 생각만 하다
살 깎이는 것을 몰랐다

바늘

혼자 뚫고 나가면 뒤가 막힌다
독불장군 행세 하지 말고
실과 함께 가라

사람

손을 모으면 성을 쌓고
발자국을 모으면 길이 되지만
입이 모이면 욕을 만든다

벌새

살기 위하여 먹는가
먹기 위하여 사는가
잠시도 쉬지 못하는 고단한 삶이여

돌부리

길 가운데 박혀
어떤 사람은 걸려 주저앉고
누구는 넘어졌다 일어선다

질경이

밟아놓고 아픔을 묻지 말고
너도 밟혀봐
내 삶의 의미를 알 수 있어

쌍둥이

형제는 일란성 쌍둥이
부부는 이란성 쌍둥이
친구는 인간성 쌍둥이

안과 밖

텃새는 밖을 모르고
철새는 안을 모르지만
사람은 안과 밖을 모른다

조물주

가장 큰 실수는 인간을 만든 것
그래도 인간의 수명을 정해놓아
창조주로 절 받는다

말뚝

움직이지 않는다고 흔들지 마라
누구는 밀려가지 않으려 밧줄 묶고
누구는 제 것이라고 깃발 묶는다

착각

착각하지 마라
빨리 뛰어봤자 변하는 건 없어
해가 뜨는 게 아니라 지구가 도니까

묘비명

알 수 없는 나를 찾아
끝까지 헤매다가
철 들자마자 여기 묻혔다

정답

폭포의 모양은 수량이
꽃의 아름다움은 바람이
사람의 마음은 고난에서 보인다

출세

기죽지 마라
세상에 나오는 것이 출세
그대는 이미 세상 가운데에 서 있다

결단

양파 속이 궁금하면
단칼에 잘라봐
몇 겹인지 단번에 알 수 있지

깜냥

열심히 뛰는 네가 최고야
이 세상 어떤 누구도
너에겐 깜냥이 안 돼

꽃

이름 짓지 마라
불러주지 않아도 피어나고
찾아주지 않아도 열매 맺는다

해바라기

따라 웃지 마라
내가 웃는 건
그대 뒤에 해가 있기 때문이다

밤꽃

비 그친 보름밤
스며드는 정향에 창문 열고
살그머니 얼굴 내민 여인

분수

높이 오를수록
떨어지는 아픔과 거품이 크다
높다고 자랑 마라

참새걸음

참새걸음 바라지 마라
뛰는 것은 자연의 법칙
삶에 우연은 없다

투표

보기 싫다고 눈 감으면
보고 싶은 것도
보이지 않는다

4

고수레

남는 것 주지 마라
그건 허공을 향한 헛손질
먹기 전에 네 몫을 나눠라

귀뚜라미

창밖에 쌓이는 달빛 위로
시들어 쌓여가는 그리움
울음으로 깨우는 귀뚜라미

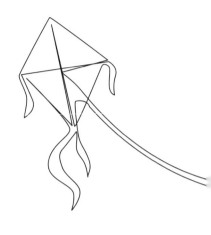

연鳶

높은 자리 향하여 줄 찾지 말고
한 발 한 발 계단을 밟아라
잡은 줄 놓치면 찢겨나간다

물

비 빗방울 냇물 강물 바닷물
자리 바뀔 때마다 이름 달라도
나는 물. 끝없이 돌고 돈다

주름살

발자국 지웠다고 지나온 길 잊히는가
주름살은 그대가 피워낸 꽃
함부로 지우지 마라

삶

산다는 건 짊어진 굴레 벗어내기다
무거우나 가벼우나 서두르지 마라
누구나 짐의 무게는 똑같다

거미줄

기다리지 말고 여행을 떠나라
삶 속의 배움은
허공에 거미줄 치기다

마음

하룻밤에 만리장성 쌓는다는 말 틀렸다
마음으로는
하룻밤에 우주 끝까지 다리를 놓는다

올빼미

어둠 흔든다고 탓하지 마라
밤낮의 차이는 살기 위한 수단일 뿐
해와 달은 하늘에 있다

뿔

뿔 돋아 허세 부리는 것은

풀 먹는 짐승뿐

맹수는 뿔이 없다

요지경

네 마음이 편하지 못하거든
거울 앞에 서지 마라
삐뚤어진 거울도 있으니까

배경

백이 든든할수록

움직이지 마라

헛발질로 먼지만 날린다

미래

낮설다고 피하지 마라
우리의 미래는
아무도 가보지 않았잖아

공

힘준 만큼 튀어 오르는 공

멀리 차지 마라

상대방이 받는 모습 감춰진다

산 2

높이 오르려거든
허리를 굽혀라
숙이지 않으면 산에 오르지 못한다

원자폭탄

모든 것을 파괴해도
말은 그대로 남지
한마디 말이 원폭보다 무섭다

웃음

너를 만나
몇 번 웃었는지 아니
만나던 날의 웃음 아직 그대로지

나이

하나에서 백까지 세어보면 딱 10초
백 살의 세월도 벚꽃잎 날리는 순간
나이는 순간이동의 꽃잎이다

부부

날리는 거미줄에 묶여
울타리 치고 세운 장대
바람 속에 붙잡는 사랑의 동반자

발자국

뒤돌아보지 마라
그대가 찍은 발자국엔
소리가 없다

대화

귀 세워 입술 바라보지 말고
눈동자를 바라보라
대화는 믿음이다

강

왜 사냐고 묻기에
강물을 가리키지요
그렇게 흘러 바다로 가는 강물을

칼

함부로 휘두르지 마라
용광로 속 정념은 거푸집 속에서 세운 날
허공 가를 때도 울었다

시간

붙잡으려 하지 마라
밧줄로 묶어도 지구는 돌고
등 돌리고 앉아도 시간은 간다

5

안개

가난에는 용기를
부자에겐 가림막으로
인생은 안개 속을 흐르는 강물

둑

사랑은 울타리

높게 이뤘다고 둑 쌓지 마라

한번 터지면 빈 고랑만 남는다

이슬

꿈은 꿀수록 꿈

옥빛 반짝거림 남았을 때 배경 앞에 서야지

연기 없이 타버리는 꿈이여

바위

제자리에 섰다는 건
전부를 알았다는 거다
침묵보다 더 깊은 진실을 품었다

시소

주었다고 자랑 말고 받았다고 부끄러워 마라

주는 것과 받는 것의 저울은 없고

그대가 중심이다

그림자

정열의 붉은 장미
백합의 순백도 모두 검정
고결하고 정의롭다 뽐내지 마라

시

말로 피워내는 꽃
색깔은 상상으로 말뜻은 체험한 만큼
글로 옮긴 삶의 여정

노인

칠십 고개 찍은 발자국
몇 개인지 기억하지 못해도
꽃을 몇 번이나 더 볼 수 있을지 헤아린다

부모

불효자는 잃은 뒤에 울고
효자는 앞에서 춤추지만
부모의 손엔 저울이 없다

그네

더 멀리 뛰려고 한발 물러서도
그만큼 밖에 가지 못하는 묶인 삶
누구나 줄의 길이는 똑같지

정치

적게 쓰나 많이 쓰나

백지 위의 검은 글씨

먹어도 토해도 표시 나는 돈 먹는 하마

한 평 땅

땅 한 평 작다 말고
지구 깊이를 생각하라
한 사람의 마음도 그렇다

사람

꽃은 가지 뒤에 피어도 열매 맺고
사람은
사람에 가려지면 주먹 쥔다

부추

솔솔 봄바람에 화촉동방 불 지피고

찬바람 불어 멀어진 서방님

붙잡아 주는 정구지

쑥

벚꽃 밑에서 열흘 즐기고
장미꽃으로 석 달 열흘 웃지만
삼백예순날 보릿가루 버무렸던 어머니

친구

서로의 거울
가까이 있을 땐 얼굴 비춰보고
멀리 있을 땐 마음을 비춰보고

대통령

돌에서 보석을 골라내면 저 혼자 빛나지
보석에서 으뜸을 뽑아내면 빛만 겨루지
돌멩이에서 돌을 뽑아야 함께 숨 쉬지

비둘기

가면 벗은 도시의 광대
기우뚱거리며 빈 부리로 춤추는 새
걷지 마라, 걷지 마라 날개 잃을라

꽃다지

멀리서 보면 한 무리

가까이 보면 하나하나

함께 모여 같은 색으로 봄을 넓히는 꽃

은행꽃

좁쌀만 한 작은 꽃
은행알 구워 먹을 때도
기억하지 않는 큰 나무꽃

섬

외롭다고 하지 마라
떨어져 있어 그리움이 쌓이는 섬
꽃이 핀다는 건 함께 있다는 대답이다

술

마시고 취하면 눈물 흘리고
마시지 않고 취하면 눈물을 닦고
사는 게 그렇더라

세월

기다리면 잠들 때 찾아오고
기다리지 않으면
일할 때 찾아온다

미투

뒤에서 욕하지 마라
입 하나 건너면 송곳이 되고
귀 하나 건너면 대못이 된다

산봉우리

봉우리 올라 산을 보는가
꼭대기에 오르면 골짜기만 보이는 것
아래에 있다고 포기하지 마라

은
행
꽃

초판 1쇄 인쇄　　2024년 3월 26일
초판 1쇄 발행　　2024년 4월 1일

지은이　　이오장
펴낸이　　김상철
발행처　　스타북스
등록번호　　제300-2006-00104호
주소　　서울시 종로구 종로 19 르메이에르종로타운 B동 920호
전화　　02) 735-1312
팩스　　02) 735-5501
이메일　　starbooks22@naver.com
ISBN　　979-11-5795-731-603810

© 2024 Starbooks Inc.
Printed in Seoul, Korea